한국 희곡 명작선 98

옆집여자

한국 희곡 명작선 98

옆집여자

양수근

평민사

향수근

옆집여자

등장인물

옆집남자 강한수(45) 의사
옆집여자 김정선(32) 어린이집 원장
정선母(62)

옆집남자 김선동(45) 교수
옆집여자 고은빈(43) 백화점 문화센터 프로그래머
선동父(73)

무대

상자 몇 개
상자들은 여러 가지 도구로 사용된다.
좌측, 아파트 미니어처(Miniature)
우측, 아파트 공원 미니어처

1.

아파트 미니어처에 잔잔하게 불이 들어온다.

취기가 오른 선동, 옷을 벗고, 가방을 놓고, 물도 마시고, 그러면 품에서 울리는 핸드폰 진동음.

선동 네, 형수님. 이 시간에 웬일이세요. 아버지가요? 왜요? (사이) 그래요. 그럼 더 기다려보세요. 가긴 어디 가시겠어요. 지난번처럼 어디 기원에 가서 바둑을 두시던가, 아니면 친구분들하고 약주를 하시던가… 아버지가 이상해지셨다뇨? (사이) 그거야, 사람이 나이를 들면 깜박깜박 하시고… 예, 예. 별 일 없으실 겁니다. 그러게요. 들린다 들린다 하면서 통 시간이 안 나네요. 미라요? 미라 잘 지내죠. 뉴질랜드 천국이랍니다. 매일 화상으로 보는데요. 뭘. 지들 이모가 워낙 잘 해주잖아요. 봐서, 여름방학 때 미라 엄마랑 한 번 나가보려구요. 예, 예. 형수님. 그럼, 들어가세요.

씩씩대고 들어서는 은빈.

선동 왜, 그래. 화난 들소처럼. (핸드폰 넣는)

은빈 볼수록 밥맛이야.

선동 누가?

은빈	누군 누구야. 옆집여자지.
선동	옆집여자.
은빈	그래, 옆집여자.
선동	왜?
은빈	주차선 너머에 차를 댔길래, 내가 한마디 했지.
선동	뭐라고?
은빈	옆 차 생각해서 옆으로 더 붙이라고.
선동	그랬더니.
은빈	차가 커서 그런 걸 왜 시비네.
선동	아파트는 지어놨지, 주차공간은 적지, 사람들 생활수준은 높아져 차는 점점 커지지. 그 사람 잘못 아니네.

은빈, 옷, 가방을 툭툭 벗거나 던져놓으면, 따라다니며 하나둘 정리하는 선동.

은빈	뭐, 그랬다고 치자. 주차를 하고 엘리베이터를 타려는데 막 문이 닫히더라고, 그래 가방을 넣고 다시 문을 열었지. 그런데 그 여자가 있는 거야. 보니까 10층이고, 생각해보니 며칠 전에 이사 온 옆집여자더라고. 내가 뻘쭘해서 아 깐 미안했다 앞으로 잘 지내보자 했더니 위아래를 훑어보면서 "뭐, 그러죠 뭐" 그러더라고.
선동	옆집여자고 뭐고 난 자기가 최고 좋더라. (뒤에서 안는) 아, 이 냄새. 우리 같이 목욕할까? 비누거품 막 내서?

은빈	목욕물 받아.
선동	오케이.

은빈, 머리를 풀고, 스타킹 벗어 휙 던진다.

은빈	나이도 훨씬 어린년이 어따 대고 눈을 부라려.
선동	(나와서 은빈이 벗어둔 스타킹이며 옷을 치우며) 당신이 차를 가지고 딱 나타나는데, 봤지? 우리 학생들. 당신 대하는 눈빛, 완전 반했을 거야 당신한테 모두 뻑 갔어. 뻑.
은빈	지체 높고 교양 있는 교수님 입에서 뻑이 뭐야? 뻑이?
선동	당신은 아직도 나를 설레게 한다니까.
은빈	정말, 학생들이 나 보는 눈빛이 그랬어….
선동	그럼. 실은 당신한테 대리운전 해달라고 문자했을 때, 화낼 줄 알았지. 그런데, 야… 떡 하고 내 앞에 나타나는데, 당신 신데렐라더라. 여신 그 자체더라. 근사했어 오늘.
은빈	하긴 내가 좀 해. 그치? 아, 목. 왜 이렇게 뻐근하지.
선동	(안마하며) 여기, 여기.
은빈	아니, 더 아래.
선동	여기.
은빈	어.
선동	내가 오늘 서비스 끝내주게 해 줄게.
은빈	치.
선동	그 웃음, 당신은 항상 긍정적일 때 모호하거든. 아차, 물.

(안으로 들어간다)

은은한 음악이 깔린다.

은빈 생각할수록 싸가지네. 머리카락을 확 잡아 쌍판대기를 몇 대 갈겨줄 걸 그랬나. 걸리기만 해봐라. 그냥 두나.

선동, 중요 부분을 수건으로 걸치고, 포도주를 가지고 나온다.

선동 뭐야. 당신 아직도 옆집여자 생각하고 있는 거야.

은빈 생각할수록 분하지 그럼.

선동 잊어. 별 걸 다 신경 쓴다.

은빈 지난 번 이사 온 날도 그래. 경비아저씨가 쓰레기 거기다 버리지 말라고 하는데도, 입구 쪽에 버리더라고. 그래야 박스 주우러 다니는 사람들도 먹고 산다나. 기가 막혀. 생각해봐. 그래도 내가 나이를 더 먹었으니 미안하다 뭐 이렇게 숙여주고 나가면 공손하게 "그래요, 잘 지내봅시다" 뭐, 이래야 되는 거 아냐. (단숨에 마시는)

선동 안 풀려? 그렇게 분해? 우리 학생들한테는 천사처럼 굴던 내 마누라 고은빈. 왜 옆집여자한텐 꽁 했을까?

은빈 마누라?

선동 꽁했네.

은빈 하지 마 그 말.

선동	맞네. 꽁했네. 꽁했어.
은빈	하지 말랬다.
선동	꽁꽁꽁. 꽁 했네. 내 마누라 고은빈. 꽁꽁꽁 꽁했네.
은빈	똥 박사.
선동	뭐?
은빈	못 들었어. 크게 말해줘. (크게) 똥 박사!
선동	똥 박사라니?
은빈	똥 박사지 그럼?
선동	미생물, 박테리아 연구하는 사람이야 나. 당신이 함부로 입에 올릴 그런 남자 아니라고 나.
은빈	세계적 과학 잡지인 『네이처』에 국내 학자로는 가장 많은 논문을 개제한 미생물 분야의 천재.
선동	그래.
은빈	온갖 똥이란 똥은 안 가리고 분석하면서 무슨….
선동	똥을 보면 그 시대가 보여. 박테리아도 그 시대에 맞게 기생하고 진화했다고. 그 중에서도 꽁한 미생물, 덜 꽁한 미생물들이 존재하거든.
은빈	기분 잡쳤어. 목욕 하던지 말던지.
선동	왜, 그래. 옆집여자 때문이라면 내가 당장 가서 사과를 받아올게. (크게) 싸가지 없이 어때 대고 내 마나님한테 대들어 대들길.
은빈	비누거품 풀었어?
선동	쫘악 -

은빈, 선동의 수건 안을 살핀다.

은빈   다 식었구만 뭘?

선동   샤론스톤 주연의 〈원초적 본능〉 봤지?

은빈   오래전에.

선동   살인혐의로 조서를 받던 샤론스톤이 피우던 담배를 휙 던졌는데, 그게 테이블 위에 꼿꼿하게, 이렇게, 반듯하게 슨 거야. 형사들이 놀랐지. 그때 샤론스톤이 게슴츠레 눈을 뜨곤 뭐라고 한 줄 알아?

은빈   뭐랬는데?

선동   내가 빨아서 안 슨 게 있나.

은빈   하여간, (안으로 들어간다) 포도주 가지고 와.

선동   상상만 해도 화끈거리네.

울리는 핸드폰.

선동   아버지. 예? 현관 앞이요. 아니, 이 시간에 여길… 예, 예. 나갈게요.

선동, 선동父와 함께 들어선다.

선동父   (누군가를 찾는)

선동   어디 다녀오세요?

은빈　(안에서) 왜 안 들어오는데.

　　　　가운 차림의 은빈 나온다..

은빈　오늘 어떻게 서비스 할 건데. (가운을 스르르 벗으면 드러나는
　　　　속옷 차림의 몸매)

선동父　(선동 뒤에서 툭 나오며) 니 엄마 여기 안 왔나?

　　　　잠시 정적.

은빈　(비명을 지르며 안으로 들어간다)

선동　(가운을 얼른 주워) 아, 아부지, 그, 그게.

은빈　(안에서) 어떻게, 어떻게, 아버님 오시면 오신다고 말씀을
　　　　하시지. 앙, 앙.

선동父　내가 괜한 걸음을 했구나.

선동　아녜요. 아버지, 아, 안, 안으로 드, 들어가세요.

　　　　선동, 부를 데리고 안으로 사라진다.
　　　　무대 잠시 빈다.
　　　　전화 받으며 들어서는 한수.

한수　예. 어머니 강 서방입니다. 왜 우세요? 예? 설마 또 그러셨
　　　　겠어요. 지난번에 절대로 그런 일 없을 거라고 어머님 앞

에서 맹세 하셨다면서요? 어머님께서 너무 과민반응 하신 거겠죠. 그럼요. 네, 네. 더 기다려보세요. 뭐, 친구분들 만나서 한 잔 하시고 늦으시… 네, 네. 아이고, 제가 누구한테 이런 말을 하고 다니겠습니까. 정선이요?

하는데 씩씩거리며 들어서는 정선.

한수 왜 그래. 성난 들소처럼. 어머님이셔 받아봐.

정선 (받으며) 엄마, 나 엄마 넋두리 받아줄 기분 아니거든.

한수 왜 그래.

정선 (듣다가) 그럼 갈라서든가. 강 서방 보기 창피하지도 않아. 몰라. (끊는다)

한수 정선아. 왜 그래. 갑자기.

정선 아니, 옆집여자 왜 사사건건 트집이야 트집이.

한수 트집이라니.

정선 나, 참. 어이가 없어서. 나이 많은 게 무슨 대수야.

한수 왜 매번 부딪쳐. 이사 온 지 얼마나 됐다고.

정선 주차를 반듯하게 했는데, 왜 자기 차 옆으로 붙이냐고 삿대질이잖아.

한수 초보운전자들은 자기 차 옆으로 바싹 붙으면 불안하거든.

정선 엘리베이터에 올라타서까지, 나한테 막 뭐라고 하는 거야.

한수 그래서.

정선 그냥 가만히 듣고 있었지.

한수	그런데 왜?
정선	10층 눌러진 거 보고, 가만있더라고.
한수	옆집에 사니까, 앞으로 자주 마주쳐야 하니까 그랬겠지.
정선	참, 나. 고까와서. 그래놓곤 "앞으로 잘 지냅시다" 그러는 거야.
한수	그럼 됐지 뭘.
정선	지금 누구 편을 들어주는 거야. 옆집여자 편이야.
한수	니 편 내 편이 어딨어. 옆집여자 얼굴도 한 번 못 봤구만.
정선	그래, 뭐 나도 찝찝하고 해서 퉁명스럽게. 뭐, 그러죠 뭐 했더니. 나를 빤히 보는 거야.
한수	좀 부드럽게 대하지. 한 성깔 부렸구만.
정선	거기서 성깔이 왜 나와.
한수	우리 병원 사람들한테는 그렇게 부드럽게 대하더구만. 난 아까 자기가 대리 운전해 달라고 문자 보냈을 때, 안 올 줄 알았어. 야, 그런데 이렇게 우아하게 차려입고 나타나는데, 우리 병원 사람들 당신 천상 천산 줄만 알 거야. 옆집여자한테 트집 잡는 꼼쟁인 줄은 전혀 모르고.
정선	꼼쟁이?
한수	그냥 농으로 던진 말이야. 이리 와봐 한 번 안아보게.
정선	꼼쟁이란 말 취소해.
한수	알았어. 취소. 꼼쟁이란 말 취소.
정선	또 했잖아. 꼼쟁이.
한수	알았어. 내 모든 말. 취소. 미안.

정선	(뿌리치려는데)
한수	미안하다고 했잖아.
정선	(귀고리를 빼려는데)
한수	빼지 마. 난 귓불이랑 귀고리까지 빠는 게 좋아.
정선	짐승.
한수	너랑 살아봐라 짐승 안 되는 남자 있나.
정선	빨아가 뭐야.
한수	얼마나 정감 있냐. 빨아.
정선	내가 빨래야 빨게.
한수	왜 그래 내 얼굴 빨개지게.
정선	자기 말발에 수많은 여자들이 넘어갔지? 돈 잘 버는 의사에, 거기에 매너까지 좋아. 공부하느라 여자 만날 시간 없었다는 건 순 거짓말이지.
한수	수많은 한국 유학생 중 왜 유독 너한테만 눈이 꽂혔을까. 그것도 열두 살이나 어린 여자한테. 넌 내 운명이야.
정선	말발, 말발, 순 말발.
한수	내 순수성을 의심하진 마.

한수, 정선의 귓불에 입을 맞춘다.

정선	땀찼단 말야.
한수	목욕할까 우리?
정선	때 나온다고 놀리려고.

한수   장난이었어. 때 안 나오는 사람이 어딨냐. (침발라 손등 문질러) 봐, 봐. 나도 나오잖아. 때는 몸에 묻은 먼지야.

정선   난 아직 쑥스럽단 말야.

한수   나만 믿어.

정선   믿어?

한수   믿었으니까 나랑 결혼했지.

정선   손만 잡고 자자고 꼬셔놓고, 왜 발가락은 빠는데.

한수   거, 니, 매니큐어 바른 발가락 얼마나 섹시했는 줄 알아.

정선   하여간 빠는 거 좋아해.

한수   목욕할 거지?

정선   피.

한수   자기 피식 웃었다. 긍정할 때 피식 웃는 거, 자기 버릇인 거 몰랐지. 앗싸.

        한수, 들어간다.

한수   (안에서) 포도주 어때?

정선   화이트로.

한수   ….

정선   맞아. 생각해보니까 이사 온 날, 박스 잘 못 버렸다고 궁시렁거렸던 여자, 옆집여자 맞네. 그때 알아봤어야 했어. 눈에 쌍심지를 켜고, 무식하게 짖어대는 꼴이라니. 박스 주워서 하루하루 연명하는 사람들 좀 주워가면 어디 덧나.

아파트 잠깐 지저분해지는 게 그렇게 중요해. 걸리기만 해봐. 가만두나 보자고.

한수, 발가벗은 몸에 수건 한 장 걸치고 나와 정선에게 포도주 내민다.

한수 아직도 옆집여자 생각해?

정선 뭐야. 난 화이트로 달라니까.

한수 그랬어. 못 들었네.

정선 화이트.

한수 네, 마님.

한수, 들어간다.
핸드폰 울린다.

정선 (받는다) 엄마. 뭐, 밖에. 이 시간에. 아빠? 그런다고 여길 와? 왜 소리는 질러. 알았어. 나갈게. (나간다)

정선, 가방을 든 정선母와 들어선다.

정선母 니 아빠 전화기도 꺼놓고, 옆집여자도 아직 안 들어 왔더라니까. 왜 하필 옆집여자야. 혼자 사는 과부가 이사 온다고 이삿짐 옮겨 줄 때부터 알아봤어. 아이고, 내 팔자야.

정선	오나가나 옆집여자 때문에 난리네 난리.
정선母	이, 인간. 내 다시는 같이 안 산다. 아이고, 아이고….
한수	(안에서) 자기야, 포도주 욕실에 둘까.
정선	(안절부절) 아, 아니.
한수	(안에서) 준비됐지?
정선母	아이고, 속 터져. 아이고….

알몸의 한수 갑자기 뛰쳐나와 수건을 확 풀어 내린다.

한수	짜잔.
정선母	(멍하게 본다)
정선	(일순 정지)

정선, 정선母의 가방을 집어 던진다.

한수	(동시에) 아 - -
정선母	(동시에) 아 - -
정선	(동시에) 아 - -

수건을 가리며 번개처럼 사라지는 한수.
암전.

2.

측면으로 서서 엘리베이터를 기다리고 있는 선동, 은빈

선동   오늘 센터 소장님 취임식이랬지.

선동   응. 꽃다발 보내줘.

은빈   그럼 좋지. 당신은.

선동   어제 샘플 새로 들어왔어.

은빈   똥?

선동   또.

은빈   (선동의 넥타이를 고쳐주며) 그럼 변?

선동   아, 참. 내 정신. 나 USB 책상에 놔두고 왔어. (집으로 들어
간다)

정선, 반대쪽에서 덜 입은 옷을 걸치고 엘리베이터로 걸어 나오
며 입는다.

정선   자기야, 빨랑 나와.

정선, 은빈 옆에 선다.

정선   (힐끗 보는)

은빈	(역시 힐끗 보는)
정선	… 날씨가 좋네요.
은빈	… 출근하세요?
정선	네. 저기 길 건너, 어린이집.
은빈	유치원… 교사?
정선	아뇨.
은빈	아, 보조교사.
정선	아니거든요.
은빈	그럼?… 기사?
정선	원장이거든요. (은빈 위아래 훑어보고) 의상하고 헤어 매치가 좀….
은빈	(크게) 여보, 아직 멀었어.
정선	(더 크게) 자기야, 빨랑 나와. 엘리베이터 올라왔어.

띵동. 엘리베이터가 도착한다.

뛰어나오는 선동, 정선과 마주친다.

놀라는 선동. 역시 놀라는 정선. 그러나 아내에게 들킬까 조심하는 눈치다.

은빈, 정선 엘리베이터 안으로 들어선다.

정면을 바라보는 그들.

은빈	안 타?
선동	어, 어. 타, 타야지.

은빈   (닫힘 버튼을 누른다)

정선   (열림 버튼을 누른다)

은빈   (닫힘 버튼을 다시 누른다)

정선   (크게) 자기야. 안 탈 거야?

은빈   내렸다 같이 타세요 그럼.

정선   늦었단 말예요.

은빈   저도 늦었어요. (닫힘 버튼 누르는)

정선   (열림 버튼 누르는) 왜 그러세요?

은빈   내렸다 같이 타라구요 그럼.

정선   전세냈어요 엘리베이터?

은빈   이 여자가 정말.

선동   여보, 왜 그래?

은빈   당신 향수 뿌렸어?

선동   아니.

은빈   뭐야, 이 비릿한 냄새.

한수   죄송합니다. (뛰어 들어와 탄다)

정선   (닫힘 버튼을 누른다)

한수   죄송합니다. (하고 고개를 든다. 은빈과 마주친다) 어….

은빈과 한수 서로 놀란다. 얼른 시선을 피한다.
정선과 선동 역시 시선을 피한다.

정선   (방백) 뭐야. 왜 이런 데서 마주쳐. 죽어도 다시 보지 말자

해놓고….

선동　(방백) 세상 좁다 좁아. 옆집여자가… 맙소사.

은빈　(방백) 의사 됐다더니, 왕 싸가지 남편이야. 아이, 왜 이런데
　　　서 봐 보길.

한수　(방백) 도도한 척 다 하더니. 아줌마 다 됐네. 헌데 하필 왜
　　　옆집이야.

띵동, 엘리베이터가 멈춘다.
두 부부, 양쪽으로 갈라선다.

정선　자기, 옆집여자랑 아는 사이야.

한수　아, 아니,

정선　내 향수 이상해?

한수　아니, 좋아.

정선　무식하긴. 베르사체 베르수스도 몰라. 플로럴하고 페미니
　　　한 매혹적인 향기를 뭐, 생선비린내?

한수　자기는?

정선　뭐?

한수　옆집여자 남편, 아는 사이야?

정선　무, 무슨 소리야.

한수　옆집여자랑 눈 마주칠 때 당황하는 거 같던데?

정선　오늘 처음 봤어. 늦겠다.

한수, 정선 나간다.

은빈　　내 의상 이상해 오늘?

선동　　늘 최고지 당신.

은빈　　볼수록 싸가지네. 지가 내 코디야 뭐야.

선동　　왜, 그 여자가 뭐라고 했어?

은빈　　지 남편 의사라고 재는 거야 뭐야?

선동　　의사. 옆집여자 남편이 의사야. 당신이 어떻게 알아?

은빈　　어, 아니 그렇게 보이더라. 그런데 당신은.

선동　　뭐?

은빈　　옆집여자가 당신 아는 눈치던데?

선동　　나를? 나를 왜? 오늘 처음 봤어. 늦겠다.

선동, 은빈 사라진다.

무대 잠시 빈다.

3.

공원 미니어처에 조명 들어온다.

새소리.

선동父   (약수통을 들고 들어선다) 여긴가. 아님 저긴가. 당췌 헷갈려서 원. 다들 똑같이 생겼으니 어디가 어딘지 원. 내가 이쪽에서 나왔던가, 어디가 앞이고 어디가 뒨지 원. 아니면….

정선母   (장바구니를 들고 들어선다) 어머, 안녕하세요.

선동父   누구?

정선母   며칠 전에 1004호로 들어가셨잖아요.

선동父   옳거니, 1003호 젊은 할머니.

정선母   어머. 할머니라뇨. 저 아직 손자들도 없어요. 약수터 다녀오시나 보다.

선동父   아, 한 잔 하십시다. 꿀맛이 따로 없소. (약수 건넨다)

정선母   마침 목마르던 참인데, 잘 됐네요. (마신다) 하, 시원하다.

선동父   장보셨나 보다.

정선母   새로 생긴 마트에서 닭 한 마리 샀어요. 감자 넣고 볶으려고요.

선동父   내 마누라도 그거 참 잘 만들지.

정선母   그럼, 해 달래세요.

선동父   (말이 없다)

정선母　왜요?

선동父　아주 멀리 갔습니다.

정선母　어머, 상처하셨구나. 죄송해요 제가 괜한 소리를….

선동父　자식 열 있어도 다 필요 없어요. (바뀌며) 바깥양반은?

정선母　집에 있어요. 여긴 딸네 집이고.

선동父　난 여가 둘째 아들 집이요. 헌데, 통 집을 못 찾겠어. 여기가 저기 같고, 저기가 여기 같고.

정선母　조기, 입구 보이죠.

선동父　옳거니. 내가 저길 놔두고 빙빙 돌았구만.

정선母　나도 헷갈려요. 아파트 이름은 왜 그렇게 어렵게들 짓는지.

선동父　자식들이 나 같이 나이 먹은 사람 못 찾아오게 하려고 그런 거래요 그게.

정선母　하하하. 할아버지가 유머감각도 있으시네. 아드님이 잘 해주시죠.

선동父　대학교수예요.

정선母　그러세요. 우리 사위는 의사예요. 딸은 조기 사거리 유치원 원장이고.

선동父　자식 농사 잘 지으셨네. 예?

정선母　그럼, 며느님은?

선동父　백화점, 거, 뭐라더라. 문화센타 개발자. 프, 뭐라더라, 맞다. 프로그램 개발자. 마누라 먼저 보내고, 큰 아들집으로, 둘째 아들 집으로, 내 신세가 낙동강 오리알이네.

정선母	저는 자식이라곤 딸내미 하나예요. 애가 혼자 자라서 그런지 남자만 만났다 하면 지보다 훨씬 나이가 많은 남자를 만나요. 한 번은 대학교 때 가르쳤던 지 선생하고 연애질을 해서, 그거 떼어 놓으려고 혼났어요. 애는 어리지, 남자는 생긴 것도 지지리 못 났지. 박사과정이라는데 언제 교수될지도 모르지, 보다보다 안 되겠기에 사주를 봤더랬어요. 그랬더니 사주쟁이가 남자가 바람 필 팔자래요. 그래 뉴질랜드로 유학을 보내놨더니, 거기서 지금 사위를 만났어요. 사위도 딸내미랑 나이차가 좀 나요.
선동父	그깟 게 뭐 대순가. 늙으면 다 똑같아지는데.
정선母	하긴 세월 이기는 장사 없다잖아요. (긴 한숨)
선동父	땅 꺼지겠어요.
정선母	애만 하나 있었으면… 별 별 검사를 다 했는데, 애가 안 들어서네요.
선동父	손자가 있음 뭐 하우 외국으로 덜렁 보내버렸으니. (버럭) 근데 이눔이 웬 여자한테 푹 빠져서 헤어나질 못하는 거요.
정선母	(깜짝 놀란다) 바람 펴요 아드님이?
선동父	둘째가 미생물 연구 최고 권위자요.
정선母	미생물이요?
선동父	우리 아들이 그러는데, 바이러스 하나가 인류를 파괴하기도 하고, 흥하게도 한대요. 방금 마신 물속에도 미생물, 그러니까 바이러스가 우글우글 하대요.
정선母	죽는 거 아니죠?

선동父	그건 좋은 바이러스예요. 1004호 할아버지가 주는 사랑의 바이러스.
정선母	정말 재밌으시다 할아버지. 그래서요?
선동父	뭐가요?
정선母	여자한테 푹 빠졌었다면서요 아드님이.
선동父	여우 뒷다리 같이 생긴 년이 살살 꼬리를 치면서 내 아들 앞길을 가로막지 뭐요.
정선母	요즘 여자들은 능력 있는 남자라면 사족을 못 써요. 초반에 싹을 잘라야 해요. 그래서요?
선동父	사람을 붙여 여우 뒷다리 집안 조사를 했더니, 글쎄 지 애비 되는 양반이 딴집 살림을 차렸다는 거요. 그런 근본도 싹수도 없는 콩가루 집안 여자애가 우리 집안과 비교가 되냔말야. 쯧쯧쯧, 지금 며느라기 얻길 잘했지. 싹싹하고 예의 바르고, 어른들 공경할 줄 알고. 우리 둘째가 백화점 직원들 특강을 갔다가, 거기서 연이 닿아 이렇게 된 거요.
정선母	아, 아드님 결혼하기 전 여자 말씀이시구나.
정선	(숨이 차 들어온다) 엄마, 왜 전화를 안 받아.
정선母	니가 이 시간에 웬일이냐.
정선	주방에서 일 해주시는 아주머니가 갑자기 일이 생겼다고, 하여간 엄마가 와서 애들 밥 좀…. (선동父를 보고 놀란다)
정선母	왜, 옆집 할아버지 몰라?
정선	아니, 아, 안녕하세요?
선동父	아니, 그럼. 이 여자가 당신 딸? (버럭) 내 아들이 지지리 못

낳어? 내 아들이 바람 필 팔자? 이런 순 개차반을 봤나.

정선母 왜, 버럭버럭 소리를 지르세요. 보자보자 하니까. 아니, 그럼 아까 말한 그 여우 뒷다리가 얘? (버럭) 이봐요. 할아버지 뭐 여우 뒷다리? 뭐? 콩가루! 개차반!

선동父 어디다 눈을 부라리고 지랄이야. 이 여편네가.

정선母 뭐, 여편네?

선동父 그럼, 여편네를 여편네라고 하지 남편네라고 해.

정선母 살다 살다 노망난 영감을 다 보네.

선동父 뭐, 노망. 아이고 뒷골이야.

정선 그만, 그만 하세요.

정선, 정선母를 끌고 반대쪽으로 들어간다.

선동父 (전화기 꺼내 건다)

선동 (한쪽에 떨어진 조명 안으로 들어온다) 네, 아버지.

선동父 이놈아 너 옆집여자가 누군지 알았어 몰랐어?

선동 무슨 말씀이세요? 아버지.

선동父 알았어 몰랐어?

선동 아버지가 그걸 어떻게?

선동父 이놈아, 귀신을 속여.

선동 아버지. 저도 아침에 알았어요. 아버지, 미라 엄마한테 말하면 절대 안 됩니다. 예.

선동父 아이고, 못난 놈.

선동	아버지, 미라엄마한테요 예?
선동父	알았어 아눔아.
선동	저, 강의 들어갑니다. 끊어요. (사라진다)
선동父	(들어간다)

반대쪽에서 정선, 정선母 데리고 나온다.

정선	엄마, 강서방한텐 쉿. 알지?
정선母	이사 가. 어떻게 매번 부딪히며 살래.
정선	내가 이렇게 될 줄 알았냐고.
정선母	내가 무슨 핑계를 대서라도 이사갈 테니, 넌 나한테 다 맡겨.
정선	대출해서 이사왔는데 어디로 가.
정선母	너 솔직히 말해봐. 일부러 이 아파트 온 거 아냐.
정선	엄마!
정선母	귀청 떨어져 이것아.
정선	몰라. 빨랑, 유치원에 가. 밥때 됐어.
정선母	앞장 서.

정선, 정선母와 나간다.

잠시 무대 빈다.

어두워진다.

은빈	보자면서요.
한수	몰라서 물어
은빈	왜 반말하세요. 예전의 고은빈 아니예요 저.
한수	성깔하곤.
은빈	네? 이봐요. 강한수 씨….
한수	됐고. 이제 어떻게 할건데, 요.
은빈	제가 묻고 싶네요. 어떻게 하실 겁니까?
한수	고은빈 씨 나한테 억하심정 있어요?
은빈	강한수 씨 난 아저씨 삶에 전혀 관심 없거든요.
한수	그런데 왜. 왜?
은빈	부탁입니다. 저도 아저씨 삶에 개입하지 않을 테니, 제 삶도 보장해 주세요.
한수	여전히 불쾌하구만.
은빈	여전히 무례하군요. 제멋대로고. 다른 사람 감정 따윈 아무렇지도 않죠?
한수	다른 사람 감정? 고은빈, 그런 거 생각이나 해 봤어?
은빈	뉴질랜드로 휙 떠나버리면 다였는 줄 알아? 나 그때 임신 중이었어.
한수	결혼은 그쪽이 먼저 하지 않았나.
은빈	배신당한 여자가 뭘 못 해.
한수	나는, 나는? 내가 그 긴 세월 동안 외로움과 고독을 어떻게 견디며 살았는지 알아? 그 비참한 시간을.
은빈	젊은 여자랑 사니 좋지?

한수	이런 막장 드라마가 세상에 어딨냐.
은빈	앞으로 보지 맙시다. 혹 스치더라도 모른 척 해주고, 부탁이야.

집으로 돌아가던 정선母, 이들의 모습을 주시한다.

한수	그건 나도 부탁하자.
은빈	(돌아서 가려다가 하이힐이 꼬여 한수에게 넘어진다)
정선母	(놀라 얼른 숨는다)

조명 확 바뀐다.
한수의 상상. 신파조로 읊조리는 두 사람.

한수	(은빈을 안으며) 미안해, 그때 임신 중이었다는 거 몰랐어.
은빈	이거 놔. 남들이 봐.
한수	보면 어때. 한순간도 널 잊은 적 없어.
은빈	(가슴을 치며) 몰라, 몰라.
한수	엘리베이터에서 너랑 딱 마주치는데, 심장이 멎는 줄 알았어.
은빈	내 심장은 벌써 얼음처럼 차가워졌어.
한수	은빈.
은빈	한수 씨.
한수	은빈. 우리 이렇게라도 만납시다.

은빈   예전처럼?

한수   그렇소.

은빈   한수 씨

한수   오, 은빈이.

격정적으로 포옹하는 두 사람.

한수   그때 내 아이를 가졌었다고 말을 하지 그랬어. 그랬다면 우린….

은빈   그만해요 다 지나간 일.

한수, 은빈에게 입술이 다가간다.

조명 다시 바뀌면, 하이힐에 꼬여 넘어지려는 은빈, 얼떨결에 한수에게 안긴다.

은빈   어, 미안해요. (얼른 몸을 추스린다)

한수   하여간 다신 안 봤으면 해. 그리고 어디 가서 내 애 가졌었다는 말하지 마. 기분 나빠. 혹시 나에 대한 기억이 남아있다면 깔끔하게 정리해 주고.

은빈   불쾌하고 어이가 없네. 난 그 아이 지우면서 당신이라는 남자도 모두 지워 버렸어. 너 아직 아이 없지? 갖고 싶지? 그러면 죽은 니 아이를 위해 기도해. 그게 최소한의 예의야 알아?

한수 (나가려다 돌아서서 한참동안 은빈을 본다) 추측하지 마, 난 네가 생각하는 것보다 훨씬 우아하게 살아. (사라지는)

은빈 자기 감정만 생각하는 몰지각한 인간. 예전이나 지금이나 어쩜 그리 똑같아. 삐긋해서 넘어지면 좀 모르는 척 안아서 분위기 좀 잡아주면 덧나. 미안했다. 잘 사냐. 그리웠다. 보고 싶었다. 그런 말도 못 해. 지 때문에 숱한 밤을 눈물로 지새우며 이 가슴에 대못을 박고 살아왔는데, 도둑놈. "하여간 다신 안 봤으면 해." 정내미 떨어져서. 그래, 얼마나 잘 사나 내 눈으로 똑똑히 지켜봐 주마. 드러워서. 퉤. (나간다)

슬금슬금 고개를 빼고 보는 정선母.

정선母 (나온다) 옆집여잔데. 왜 강 서방이 옆집여자랑 다정하게 있을꼬? 왜 강 서방이 옆집여자를 안고 있냔 말이야. 맞네. 맞아. 아이고, 여자팔자 뒤웅박 팔자라더니, 의사사위 얻었다고 좋아했더만, 그 새를 못 참아 옆집여자랑 눈이 맞아. 아이고, 배울 것을 배워야지, 지 장인을 배워. (혀를 차며 나간다)

무대 빈다.

4.

아파트 미니어처에 조명 떨어진다.

선동, 신문지를 들고 나와 바닥에 깔고 그 위에서 발뒤꿈치 각질을 벗기고 있다.

선동　가만, 만나자고 할까. 아, 불안한데. 전화를 해? 해서? 마땅히 할 말도 없는데, 만났다 치자. 뻘쭘할 텐데… 왜 하필 옆집여자가 정선이야. (울리는 전화벨) 네, 김선동입니다. 누구? 정선이. 니가 내 번호를 어떻게? 지금 애 엄마 올 시간이야. 알았어. 나도 조심하겠지만, 너도 제발 조심해줘라. 마주치던 안 마주치던 서로 조심하자고. (끊긴 듯) 여보세요. 여보세요. 뭐야 이거. 헐레벌떡 숨도 안 쉬고 일방적으로 이야기 하고는 끊어. 아이처럼 구는 건 여전하네.

들어오는 은빈.

선동　왔어? 늦네 요즘.

은빈　소장님 바뀌었다고 좋아했더니 아이디어 내라고 얼마나 닦달인지.

선동　백화점문화센터에서 무슨 아이디어가 필요해.

은빈　우후죽순 생기는 게 문화센터요 강좌프로그램인 거 몰라.

선동	그래서 좋은 아이디어라도 있어.
은빈	좋은 아이디어가 있긴 한데, 영 찜찜해서.
선동	뭔데.
은빈	건너편 어린이집하고 우리 문화센터하고 창의성 개발하는 프로그램을 공유하면 대박날 것 같은데.
선동	어, 좋네. 부잣집 엄마들이 자식들 교육시킨다는 데 딱이네 그거.
은빈	그런데 거기 어린이집 원장이 옆집여잔 거 있지.
선동	뭐? 하지 마 그거.
은빈	뭐야, 언젠 좋다더니.
선동	그게, 옆집여자랑 당신 트러블 있잖아.
은빈	그것만 아니면 딱인데.
선동	(은빈의 눈치를 살피며 각질 벗긴다) 여, 옆집여자 만났어?
은빈	왕 싸가지를 내가 왜 만나.

은빈, 옷 벗어 아무렇게나 던져둔다.

은빈	아버님이 이상한 말씀을 하시더라.
선동	아버지가 뭘?
은빈	혼자 궁시렁거리는데, 당신이 옆집여자랑 무슨 관계였대, 하여간 그랬어.
선동	내가 왜 옆집여자랑?
은빈	그치?

선동	말도 안 돼. 아버지 좀 이상하셔 요즘.
은빈	지난번에는 돌아가신 어머님을 찾았잖아.
선동	(각질 벗긴다)
은빈	(선동 본다) 드러. 그거 욕실에서 하면 안 돼?
선동	싫어, 난 여기가 좋아. 저, 아래 야경 보는 재미가 얼마나 솔솔한데.
은빈	몇 년 같이 살면 볼 것 못 볼 거 다 보여주고 그러는 거야. 당신 그거 긁는 것만 봐도 간지럽단 말야.
선동	각질 그냥 두면 뇌졸중 생길 수도 있어. 단순히 죽은 살이 아니라고, 혈액순환이 안 되니까 생기는 거거든. 잘 벗겨줘야 혈액순환이 잘 돼서 뇌졸중도 미연에 막고 하는 거야.
은빈	잘 버려. 가루 떨어지지 않게
선동	이리와 봐.
은빈	왜.
선동	다가와 앉아.
은빈	(앉는다)
선동	칠칠맞게 발톱이 그게 뭐야. 발 내밀어. 발톱 깎아줄게.
은빈	싫어.
선동	싫어? (손가락으로 각질 가루를 찍어 은빈의 입술에 대려는)
은빈	악.
선동	먹이기 전에 발 내밀어.
은빈	폭군.
선동	폭군이 마누라 발톱 깎아 주는 거 봤냐. 당신 발톱은 살점

안으로 파고들어가니까, 이렇게 가지런히 다듬어줘야 해.

발톱을 깎는 선동.
발을 내밀고 앉은 은빈.

선동	(장난기가 발동을 했는지 발가락을 간지럽힌다)
은빈	(웃는) 간지러.
선동	참아.
은빈	간지럽다니까.
선동	(다리를 만지는)
은빈	(떼구르르 구른다)
선동	즐거움 속에 뒤 따르는 고통의 댓가야 그게. (간지럼)
은빈	하지 마. (하다가 발로 민다는 게 선동의 얼굴을 찬다)
선동	악.
은빈	그러니까 하지 말랬잖아.
선동	좋아. 가만있어.

은빈, 빙빙 돌며 도망친다.

선동	(각질과 발톱이 담긴 신문지를 들고) 잡히기만 해. 이거 몽땅 털어서 입에 넣어줄 거니까.
은빈	말로 해. 말로.
선동	말로. 뭘 말로 해.

선동, 은빈을 위에서 못 움직이게 제압한다.

그런 다음 각질을 입 속에 넣으려 한다.

빠져 나가려는 은빈, 순간 손으로 툭 쳐서 신문지를 건든다.

그 바람에 신문에 들어있던 찌꺼기들이 선동의 얼굴로 쏟아진다.

선동　퉤, 퉤. 이런. (얼굴을 떨어낸다)

은빈 핸드폰 울린다.

은빈　네, 고은빈입니다. 여보세요. 여보세요. (끊긴 전화)

선동　(그 틈을 이용해 바닥에 떨어진 이물질을 은빈의 입에 넣는다)

은빈　(이판사판 선동의 손가락을 물고 놔주지 않는다)

선동　아 – 아. 항복. 항복.

은빈　증말. 증말, 항복이지?

선동　응.

초인종 소리.

은빈 · 선동　누구지?

선동　(문을 열면 들어서는 선동父)

은빈　아버님.

선동父　당췌 니네 형 집으로 가는 길을 모르겠다. 어디로 가는지
　　　　당췌 모르겠어.

선동   (널브러진 은빈의 옷이며 신문지를 치운다)

선동父 물 좀 다오.

선동   아버지. 괜찮으세요? 뭐해, 안으로 모시지 않고.

은빈, 선동, 선동父를 부축해 안으로 사라진다.
잠시 무대 빈다.
동요 〈솜사탕〉이 흐른다.

"나뭇가지에 실처럼 날아든 솜사탕
하얀눈처럼 희고도 깨끗한 솜사탕
엄마손잡고 나들이할 때 먹어본 솜사탕
호호 불면은 구멍이 뚫리는 커다란 솜사탕"

정선 나풀거리는 춤을 추고 나와 동요에 맞춰 신나게 동작을 한다.

정선   (한참 동작을 하다가 멈춘다. 음악을 끈다) 아니지. 확실하게 해 뒤야 해. (전화를 건다. 헐떡거린다) 옆집여자예요 김정선. 네? 전화번호 알아낸 게 중요해요 지금? 이렇게 만난 게 썩 기분 좋은 일은 아니지만, 모르는 척 해주셨으면… 저도 제 남편 올 시간이거든요. 하여간 그렇게 해 주세요. (끊는다) 잘했어, 김정선. 잘 한 거야. 이게 최선이야. 자기도 가정이 있으니 지켜주겠지.

정선, 다시 율동삼매경에 빠진다.

한수 풀이 죽어 들어선다.

정선, 땀을 닦으며 물을 마시러 잠시 들어간다.

한수 생각에 잠기면 반대쪽에 조명 하나 떨어진다.

은빈 "너 아직 아이 없지. 갖고 싶지. 그러면 죽은 니 아이를 위해 기도해. 그게 최소한의 예의야 알아?" 말을 남기고 사라진다.

정선	(나온다) 깜짝이야. 언제 왔어?
한수	어, 방금.
정선	(다시 음악 틀어 율동하려는)
한수	(음악 끈다) 사람이 왔으면 쳐다는 봐라.
정선	백화점 문화센터랑 조인해서 강좌 하나 개설하려고.
한수	다른 선생들도 있잖아.
정선	각자 하나씩 율동 만들어 오기로 했어.
한수	정선아, 우린 왜 애가 없을까? 내가 죄가 많아서 그럴까?
정선	그 얘긴 하지 않기로 했잖아.
한수	넌 엄마 되고 싶지 않니? 난 정말 아빠가 되고 싶다고.
정선	우리 아무 문제 없대잖아. 검사란 검산 다 해봤잖아.
한수	설마 너 나 몰래 피임하거나 그런 거 아니지?
정선	왜 친구 누가 또 애 돌이래? 그런 거야?
한수	(긴 한숨)
정선	잊고 살아. 그래야 생긴댔어. 자, 날 봐. 한 번 해볼 테니.
한수	내가 본다고 알아.

정선	그래도.

정선 율동을 한다.

정선	뭐해? 따라하지 않고.
한수	(우두커니)
정선	얼른.

정선, 노래에 맞춰 율동을 하면 마지못해 따라하는 한수.
한바탕 땀을 흘리는 정선.

정선	왜 그럴까 내 남편. 오늘 무슨 일이 있어서 풀이 죽었을까.
한수	그러게.
정선	샤워 같이 할까.
한수	(반색하며) 정말?
정선	오늘도 나를 위해 짐승이 되어 줄 거지. (안으로 들어간다) 이번에는 어디 빨 거야?
한수	어, 다. 다 빨아줄게.

한수, 청진기를 꺼내 옆집 염탐을 한다.

한수	뭐야. 왜 이렇게 쿵쾅거려. (계속 듣는)

욕실에서 나오던 정선 통화를 한다.

정선　엄마 왜? 잘 들어갔어. 아버진? 천천히 말해 무슨 말인지 하나도 모르겠어. (한참을 듣는다) 강 서방이? 설마. 엄마가 잘못 봤겠지. (또박또박) 아파트 앞에서. (전화 끊는)

여전히 청진기를 대고 있는 한수.
청진기 뺏어, 들어보는 정선.

정선　뭐해?

한수　어, 어. 이거. 어, 지난 번 최 과장이 독일 나갔다가 새로 나온 제품이라고 사다주더라고.

정선　최 과장이 사람 몸에 대보라고 사줬지, 옆집 감시하라고 줬어?

한수　감시라니?

정선　(청진기에 대고) 악.

한수　(화들짝 놀란다)

정선　옆집여자는 왜 만났는데?

한수　어?

정선　옆집여자는 왜 만났냐고? 자기 그 여자랑 사귀어?

한수　내가? 왜, 왜. 미, 미쳤어.

정선　맞네. 입술을 파르르 떨면서 말까지 버벅거리는 거 보니까 엄마 말이 맞아. 옆집여자랑 아파트에서 껴안고 난리도 아니었다며?

한수　　누가? 장모님이?

정선　　(옷 뒤져 한수의 핸드폰 꺼낸다)

한수　　왜 그래. (뺏으려고)

정선　　(전화 발신을 찾아 버튼을 누른다)

한수　　(뺏으려 한다)

정선　　(귀에 바싹 대고 아무 말도 하지 않는다. 확 끊어버린다) 맞네, 이 목
소리 옆집여자 맞아. 왜? 왜? 옆집여자를 만났는데?

한수　　아냐. 그냥 오다가 만났어?

정선　　장난해 지금? 오다가 만난 여자를 껴안아. 언제부터야? 지
난 번 엘리베이터에서 그랬지. 옆집여자 모르는 사람이라
고. 왜 속였어. 왜 거짓말 했냐고? 그 여자랑 어떤 사이야.
말해? 말 못해?

한수　　(버럭) 아니야. 아니라고 아니라니까.

정선　　자기 지금 나한테 화낸 거야? 옆집여자 때문에 나한테 화
를 내? (나가려는)

한수　　어디 가는데?

정선　　가서 확인해보면 될 거 아냐. (나간다)

한수　　야, 정선아. 김정선. (따라 나간다)

무대 빈다.

초인종 소리.

한수	(소리) 아니야, 아니라니까.
정선	(소리) 저기요. 문 좀 열어봐요.

잠옷 바람으로 나오는 선동.

선동	누구세요? (밖을 살핀다. 정선이 보인다. 방백) 미치겠네. 저게 우리 집에 왜 와. 전화로 말했으면 알아먹지, 저게 바보도 아니고, 누구 신세 망칠 일 있나? 이거 미라엄마가 알면 큰일인데.
은빈	(안에서) 누구야?
선동	어, 아니야. 아무것두.
정선	(밀고 들어선다)
선동	(막는다)
한수	(선동에게) 죄송합니다. 나가 얼른.
은빈	(소리) 누구 왔어?
선동	(정선 가리고) 아니, 아냐. 아무것도.
정선	저기요? 아줌마.
한수	(정선을 잡아끈다)
선동	(정선의 앞을 막는다)
은빈	(나온다) 아줌마라니? 누가 아줌마야.
정선	아줌마가 아줌마지 누가 아줌마예요. 이거, (한수의 핸드폰 내민다) 이 번호 아줌마 거 맞죠?
한수	(손으로 아니라고 말해달라는 표시)

갑자기 동작이 멈춘다. 이어지는 한수의 방백.

한수   제발, 제발 아니라고 말해줘. 뭐라도 좋으니까, 아무 변명
이라도 좋으니까, 막 갖다 붙여. 모르는 일이라고, 아무것
도 모른다고. 제발. 신이시여.

선동   (보는) 맞네. 당신 번호.

정선   설명해 봐요. 왜 내 남편 핸드폰에 아줌마 번호가 찍혔는지.

선동, 정선 은빈을 뚫어져라 본다.
한수는 울상이다. 선동父 밖의 소란에 나온다.

선동父   웬 소란이냐? (정선을 본다. 다짜고짜 정선의 머리카락을 잡고 늘어
진다) 이것이, 여기가 어디라고 들어와. 너 아직도 우리 선
동이 못 잊었냐. 내 그렇게 타일렀건만. 엉. 너, 오늘 아주,
나 죽고, 너 죽자….

갑작스러운 일에 한수, 선동, 은빈, 선동父를 뜯어 말린다.
울상이 되어 쓰러지는 정선.
음악이 흐른다.
암전.

5.

아파트 미니어처에 불이 들어온다.

머리카락 한 움큼을 손에 쥐고 흐느끼는 정선.

정선	이게 다 옆집여자 때문이야. 옆집여자 때문에 되는 일이 없어.
한수	진정해.
정선	왜 하필 옆집여자야. 왜?
한수	그만해.
정선	지금 내가 잘못했단 말이야?
한수	그런 말이 아니잖아.
정선	봐, 이 머리카락 좀 보라고. (운다)
한수	(그를 안는다)
정선	(뿌리친다) 좋았어? 옆집여자 만나니까 좋았냐고?
한수	아니란 거 알잖아.
정선	아니, 몰라. 무식하게 이게 뭐야. (머리카락 본다)
한수	어린아이처럼 굴지 말고, 가서 좀 씻어.
정선	유치한 어린 여자랑 사니까, 나이 많은 옛 애인이 그리웠어. 그랬던 거야.
한수	그러게 왜 긁어 부스럼을 만들어.
정선	계속 옆집여자 편만 들 거지 지금?

한수	진짜 애처럼 굴 거야?
정선	(씩씩거린다)
한수	야, 너도 옆집남자가 과거 애인이었다는 거 숨겼잖아.
정선	그게 뭐? 그게 뭐?
한수	그게 뭐라니. 나도 잘못했지만, 너도 나한테 사과해. 나 속였잖아.
정선	그래도 난 대놓고 만나진 않았다고.
한수	누군 만나고 싶어서 만났니. 솔직히 당황스러웠어. 그래서, 혹시 너랑 잘못 될까봐 입막음 하려고 그런 거란 말이야.
정선	작년 겨울 신경외과에 박 간호사도 오리발 내민 거 맞지?
한수	널 두고 누굴 만나.
정선	입에 침이나 바르고 거짓말을 해. 엄마가 그랬어 남자는 다 늑대라고.
한수	너 계속 의심하다가 의처증 된다.
정선	말 돌리지 말고 똑바로 말해. 맞지?
한수	거기 그냥 고향 후배야 후배.
정선	이제 내가 누굴 믿고 살어 누굴?
한수	(버럭) 니 아버지가 바람피웠다고 모든 남자가 다 바람피우는 줄 알아.
정선	뭐?
한수	내가 틀린 말 했냐?
정선	(갑자기 한수의 머리를 잡아당긴다)
한수	아, 아. 하지 마. 아파.

정선	(놓지 않는다)
한수	(고통스럽다)
정선	자기도, 자기도 당해봐. 옆집여자 때문에 이게 뭐야.
한수	(확 밀친다)
정선	(나가떨어진다. 배를 움켜잡고 운다) 엄마, 엄마.
한수	(어찌 할 바를 모르고)
정선	(엄마를 부르며 서럽게 울고 방으로 들어간다)
한수	정선아, 정선아.

한수, 한참을 서 있다 "에이, 씨" 화를 내며 밖으로 나간다.
사이.
무대 빈다.

은빈	(소리) 어떻게 된 거야. 말해 이제.
선동	(나오면서 소리죽여) 아버지 주무셔 소리 낮춰.

은빈과 선동 역시 옥신각신했는지 얼굴이 밝지 않다.

은빈	(씩씩거린다)
선동	(그를 노려본다)
은빈	아버님 핑계로 은근슬쩍 넘어갈 생각 마.
선동	누가 할 소리.
은빈	옆집여자 때문에 되는 게 없어. 지 화난다고 과거일 다 까

발리고.

선동 도끼로 제 발 찍은 격이지. 어리잖아.

은빈 그래서 어린 여자랑 연애하니까 좋았어?

선동 의사랑 연애하니 좋던 넌?

은빈 왜 말 못 해. 왜? 옆집여자가 옛 여자라 감싸주고 싶어?

선동 그 첫사랑 의사가 겨우 옆집여자 남편?

은빈 첫사랑 여 제자가 왕 싸가지 옆집여자? 기가 차서.

선동 나는 미래형이고 당신은 현재 진행형이잖아.

은빈 진행형?

선동 그래.

은빈 내가 만나고 싶어서 만났어? 만나자고 하니까 만났지.

선동 만나자고 만나. 그럼 또 만나자고 하면 만나겠네.

은빈 만나지 말자고 만난 거야.

선동 만나지 말자고 만났다는 게 말이 돼?

은빈 내 가정을 지키고 싶어서. 혹시 당신이 알게 될까봐. 두려웠어.

선동 말은 잘 갖다 붙이네. 지능범.

은빈 뭐? 이 아파트로 이사 오자고 한 사람은 당신 아냐. 솔직히 말해. 옆집여자 때문에 이 아파트로 이사 온 거지. 아냐?

선동 계약한 사람은 당신이잖아. 당신 이 아파트 다 마음에 들어 했잖아. 주거공간, 주위 환경, 실내 인테리어, 전망, 거기에 직장까지 가깝다고 원더풀 원더풀 외쳤잖아. 계약하기 전부터 첫사랑 그 남자 계속 만났지?

은빈	(어이없다)
선동	왜 말 못 해?
은빈	비열해. 배려라고는 하나도 없는 인색한.
선동	또 꽁했네.

은빈, 방으로 들어갔다가 상자를 꺼내가지고 나온다.
상자를 쏟아버리는 은빈. 그 안에서 나오는 사진과 편지들.
깜짝 놀라 주워 담는 선동.

선동	(주워 담는다) 치졸하게 왜 이래.
은빈	첫사랑 그렇게 못 잊어, 고이고이 간직했어?
선동	야, 이건 너무하잖아.
은빈	그래서 이 상자 나한텐 손도 못 대게 했어?
선동	아버지 깨신다니까.
은빈	지금 아버님이 중요해. 우리 문제, 아니 내가 더 중요하지 않아. 자존심 상해. 당신이랑 함께 산 세월이 화가 나. 당신은 나보다 더 나빠. 그래도 난 추억 속에서만 한 남자를 기억하고 있었어, 그런데 당신은 아예 못 잊고 간직하고 있었잖아. (안으로 들어간다)
선동	그래, 그랬다. 옆집여자는 최소한 나한테 왕처럼 대했어. 옷도 칠랄레 팔랄레 아무 데나 벗어놓지 않고, 항상 애교가 넘쳐흘렀다고.
은빈	그래. 당신은? 나한테 무엇이 소중한 것인지 알기나 해?

최소한 옆집남자는 나한테 약점을 감춰주려고 노력했다고 알아? (휙 들어가 버린다)

선동   은빈아, 여보.

은빈   (안에서) 말하지 마. 듣기도 싫어.

선동   여보, 여보, 고은빈. (가려다 멈추고, 상자를 든다) 알았어. 이거 다 불질러 버리고 올게. 그럼 됐지? (대답이 없다)

선동, "에이, 씨" 자신에게 화를 내며 나간다.
무대 빈다.

6.

공원 미니어처에 불이 들어온다.

미니어처 가로등에도 불이 켜진다.

캔맥주를 마시며 들어서는 한수.

한수 (하늘을 올려다본다. 긴 한숨)

선동 (반대쪽에서 애먼 땅바닥을 발로 차며 걸어 나온다)

한수 저 새끼 저거. 옆집새끼 아냐.

선동 (역시 본다) 새끼 뭘 쳐다보는 거야. 확 그냥 엎어 불라.

한수 왜 나를 쩨려보고 지랄이야. 속 터져 죽겠는데.

선동 어, 씹새 계속 봐 저게.

한수 뭐야, 한판 뜨자는 거야.

선동 (점점 한수에게 다가간다)

한수 (선동에게 다가간다)

갑자기 흘러나오는 영화 〈록키〉 OST 'Eye Of The Tiger'

사회자로 분한 선동父.

심판으로 분한 정선母.

두 남자의 아내는 코치를 맡아, 남편 어깨에 수건을 걸어주고, 장갑을 끼워주고, 음료수를 건넨다.

얼굴을 바싹 대고 눈싸움 시작하는 두 남자.

스파링 준비를 하는 두 남자. 보이지 않는 사각의 링에서 펼쳐지는 두 남자의 치열한 혈투.

사회자 홍코너 키 00cm, 몸무게 00kg, 첫 사랑 여제자를 미치도록 그리워하면서 아내에게는 시치미 뚝 뗀 치사빤스의 대명사 101동 1004호 김 - 선 - 동!

선동 (은빈의 응원을 받으며 링을 가볍게 돈다)

사회자 청코너 키 00cm, 몸무게 00kg, 헤어진 옛 애인이 옆집에 자란 사실에 심장박동이 요동쳤던 늑대의 대명사 101동 1003호 강 - 한 - 수 !

한수 (정선의 응원을 받으며 링을 가볍게 돈다)

심판, 두 선수를 불러 몇 가지의 당부와 주위 사항을 일컫는데, 이를테면 급소를 때리거나, 물거나, 발로 차지 말라는 뭐 그런 거다.
공이 울리면 두 사람 벌처럼, 나비처럼 이리저리 몸을 움직인다.
두 남자의 아내들도 목청껏 응원을 한다.

사회자 공이 울리는 순간, 치사빤스 대 늑대, 늑대 대 치사빤스의 운명의 한판이 시작되었습니다. 세기의 대결에 버금가는 이번 결전을 위해 미국 cnn과 영국 bbc 그리고 일본 nhk 아랍권의 알 자지라 방송사에서도 지대한 관심을 가져주셨으면 합니다.

한수	와, 와봐. 한방 먹여줄게.
선동	누가 할 소리. 왜 겁나지?
한수	(주먹을 날린다)
선동	(피한다)
사회자	현재까지 두 선수 아주 신중하게 서로를 탐색하며 기회를 노리고 있군요.
한수	(빠른 스텝으로 선동을 교란한다)
선동	(우직하게 한수를 코너로 몰아간다)
한수	(빠르게 피한다)
선동	(주먹을 날린다)
한수	(역시 피한다)

공이 울린다.

사회자	네. 생각보다 빠른 시간에 1라운드가 끝이 납니다.

응원을 하던 정선, 은빈 각각 라운드 걸이 되어 링을 걷는다.
두 여자 걷다가 서로의 동선을 가로막고 선다.

정선	비켜.
은빈	네가 비켜.
정선	이게.
은빈	어따가 쌍심지를 치켜들어.

머리카락을 잡고 늘어지는 은빈.

이에 질세라 정선도 은빈의 머리카락을 잡고 놓지 않는다.

두 남자 동시에 링에 올라 상대방의 얼굴을 가격한다.

카운트를 세는 심판.

카운트가 끝나기 전에 일어나 서로의 다리며 얼굴 허리를 조르거
나, 물거나, 꺾으며 반칙을 하는 두 남자.

뜯어 말리는 심판.

그 꼴을 보고 달려들어 상대방의 남편을 공격하는 두 여자.

사회자   아, 이게 무슨 일입니까. 신성한 링에서 폭력이 난무하고,
온갖 반칙과 쌍욕이 날아듭니다. 아, 이건 절망입니다. 절망.

쌍욕이 난무한다.

두 남자 또한 나뒹굴며, 서로를 잡아당기고 물어뜯는다.

비명소리가 들린다.

땡. 땡. 땡 종이 울린다.

심판과 사회자가 나와 이들을 뜯어 말린다.

두 여자 끌려 나간다.

조명 바뀐다.

현실로 돌아온다.

긴 한숨을 내쉬는 한수.

하늘을 올려다보는 선동.

한수	(방백) 저 새끼는 뭐가 대단해서 저렇게 당당하지.
선동	(방백) 뭐가 저렇게 당당해 저 새긴.
한수	(방백) 잘난 것도 없구만 왜 나보다 더 빨리 우리 정선이가 반했지.
선동	(방백) 뭐가 대단하다고 미라엄마가 나보다 먼저 사랑에 빠졌지.
한수	(방백) 한판 제대로 붙었어야 했는데.
선동	(방백) 한판 붙어서 코를 납작하게 했어야 했는데.
한수	(선동에게 가까이 간다) 한 캔 하실랍니까?
선동	(받는다) 아, 예.
한수	어, 어찌됐던 미안하게 됐습니다.
선동	저도, 뭐. 그러네요.
한수	아버님이 많이 놀라신 거 같던데.
선동	그 댁 장모님은 잘 알지도 못 하시고, 일을 이렇게….
한수	아버님 모시고 저희 병원 치매 클리닉센터에 한 번 방문해 보세요.
선동	뭐? 치매요?
한수	의사입장에서 말씀 드리는 거니까, 기분 언짢게 생각마시고. (지갑에서 명함을 꺼내 건넨다)
선동	어, 여기 암센터에 최석진 과장 계시죠? 얼마 전에 독일에서 돌아오신.
한수	네. 아시는 분이세요?
선동	잘 알죠. 지난 번 AI 바이러스 항생제를 같이 연구했거든요.

한수	아, 똥박사. 미생물 연구하신다는?
선동	예.
한수	말씀 많이 들었습니다. 그 분야 그쪽 최고시라고.
선동	(웃음꽃 띄우며 악수한다)
한수	(어색한지 스르르 손을 푼다)

아파트 미니어처에 불이 들어온다.
양 옆에 정선과 은빈 조명을 받고 서 있다.
정선과 은빈 각각 아래를 내려다보며 남편에게 외친다.

정선	(동시에) 뭐해? 올라오지 않고.
은빈	(동시에) 뭐해? 올라오지 않고.
선동	(위를 올려다보며 동시에) 응, 들어가.
한수	(위를 올려다보며 동시에) 응, 들어가.

정선, 은빈 사라진다.
선동, 한수 안으로 사라진다.
무대 빈다.

7.

새소리와 급하게 의사를 찾는 병원소리가 겹친다.

선동父, 멍한 채로 나와 누군가를 찾지만 눈빛이 예전 같지 않다.

선동, 아버지를 부르면 나온다.

선동　(숨이 차) 먼저 가시면 가신다고 말씀을 하셔야지, 한참 찾았잖아요.

선동父　배고파.

선동　아버지. 일단 올라가셔서 검사 마치고 식사하세요.

선동父　이놈아, 난 네가 배고프다고 하면 두말 않고 밥 사줬어.

선동　아버지. 왜 자꾸 떼를 쓰세요. (전화 꺼내 건다. 한참을 기다린다)
좀 받아라 받아. (넣는)

선동父　밥은 언제 준다냐?

선동　드릴게요 아버지. 아버지, 그러니까 일단 병원으로 가시게
요. 왜 갑자기 이렇게 되셨어요. 건강하셨잖아요.

선동父　(말똥말똥)

선동　(다시 전화) 어, 왜 이렇게 전화를 안 받아. 병원이지 어디
야. 뭐? 사고? 다친 덴 없고? 그래, 보험처리 잘 하고. 그
래, 그래.

선동父　(정신이 돌아온다) 선동아.

선동　예, 아버지. 저, 선동이에요.

선동父　둘째냐?

선동　예, 병원에 오다 사고가 났나봐요. (전화가 온다) 예, 형수님. 예, 예. 걱정마시고 잘 다녀오세요. 그런 말이 어딨어요. 형 이랑 얼마 만에 내는 휴가예요. 형이랑, 형수님 계신다고 해 서 아버지 낫고 하는 거 아니잖아요. 예, 그럴게요. 네. (끊는)

선동父　(선동의 손을 꼭 잡는다) 선동아, 왜 갑자기 생각이 안 나지. 캄 캄하지.

선동　괜찮아요, 다 좋아질 겁니다. 검사해 보고…. (하는데)

선동父　내가 더 망가지더라도 용서해 줄 거지?

선동　그런 말이 어딨어요 아버지.

반대쪽에서 도시락을 들고 전화하며 들어서는 정선母.

정선母　날세, 병원에 막 들어섰네. 지난 번 일은 내 정말 미안하게 됐네. 풀리긴? 아직도 섭섭한 눈치더구만. 자네 좋아하는 닭볶음 했어, 여기? 뭘 내려와, 내가 올라가면 돼지. 알았 네, 그럼, 기다림세.

선동父, 정선母를 알아보고 일어난다.
그러나 선동은 자리가 불편해 보인다.

선동父　임자? 여보.

정선母　예?

선동父 이 사람아 어딜 갔다 이제 와?

정선母 (도망가려는)

선동 아버지, 이 분은…. (하는데)

선동父 넌, 가만있어 이놈아. 니 대학 들어가라고 니 엄마가 부처 님 앞에 무릎을 꿇고 만 배를 올렸어. 만 배를. 이놈아, 니 가 뭘 안다고 나서.

정선母 (선동 보며) 자네 아버지가 나를 왜?

선동 아버지, 왜, 이렇게 무너지세요.

선동父 이 사람아. 얼마나 기다렸는데. 내가 자네를 찾으려고, 첫 째네로 갔다가, 둘째네로 갔다가, 우리가 살던 집으로도 갔다가, 아무리 찾아도 당신이 없네. 여보. (손을 잡는다)

정선母 (깜짝 놀라 손을 놓는)

선동 아버지. 아버지.

선동父 여보. (도시락 보고) 밥이네. 선동이 이놈이 나 밥도 안 줘.

선동父, 정선母가 싸가지고 온 도시락을 펼쳐 먹기 시작한다.

정선母 아니, 이 할아버지가 보자보자 하니까 증말. 이봐요.

선동父 이거 닭볶음이고만. 냄새만 맡아도 나는 알 수 있네.

정선母 (도시락을 뺏으려는데)

선동父 나, 배고파!

한수 (뛰어나와서 보다가 도시락을 선동父에 건넨다) 왜, 아버님 도시락 을 뺏고 그러세요. 천천히 많이 드세요.

선동父 누구?

한수 선동이 친구예요.

한수, 도시락을 펼쳐 선동父에 건넨다.
어리둥절 보는 정선母.

한수 (정선母에게) 쉿!

행복하게 음식을 먹는 선동父.

한수 (선동에게) 제가 그쪽 전문의가 아니라 섣불리 말씀 드리기
가 좀 뭐 합니다만. 아무래도 함께 살던 아내의 부재로 인
한 정신적 충격이 원인이 아닐까 싶습니다.

선동 여태 아무 문제가 없으셨어요 아버지.

한수 아주, 천천히 진행되었을 겁니다.

정선母 아무리 그래도 자네 도시락인데.

한수 노인성 치매는 병이 아니에요. 누구에게나 찾아올 수 있
는 삶의 패턴입니다. 이럴 때 일수록 온 집안사람들의 관
심과 노력이 필요하죠.

정선母 치매? 아이고 그랬구만. (선동父에게) 많이 드세요. (한숨) 맞
아. 외롭고, 쓸쓸하고 기댈 곳 없음 그리 되는 거제. 그러
니 마누라들한테 잘 해 알아?

한수 장모님 올라가세요, 아직 식사 전이시죠.

정선母 어, 어. 정선이도 오기로 했는데 늦네. 도착하면 올라오래지 뭐.

한수에게 고마움의 눈인사를 보내는 선동.
한수, 정선母 사라진다.
선동, 도시락에서 물을 꺼내 父에게 건넨다.

선동 천천히 드세요 아버지. 죄송해요, 저 사느라 아버지 못 챙겨드려서. (머리를 쥐어뜯는다)

들어서는 정선과 은빈.

은빈 여보.

선동 어. (정선을 보고 신경 쓰인다)

은빈 아버님.

선동 조용. (변하고) 사고났다며?

은빈 그러게. 정선 씨 아니었음 낭패 볼 뻔했어.

선동 (은빈을 한쪽에 데리고 가서) 원수처럼 지내더니?

은빈 그러게. 세상 좁더라고.

선동 어떻게 된 거야.

은빈 글쎄, 옆에서 차가 확 끼어들더라고. 깜짝 놀랐지.

선동 정말 다친 덴 없고? 엑스레이라도 찍어봐야 하는 거 아냐.

은빈 그래서 왔잖아. 병원으로.

정선 전 먼저 갈게요, 그럼. (사라진다)

은빈 네, 정선 씨 오늘 정말 고마웠어요. (선동父에게) 아버님 저 왔어요.

선동 (말이 없고)

은빈 왜? 생각보다 안 좋아?

선동 내색은 하지 않으셨지만 어머니 돌아가시고 힘드셨나봐. 형이랑 상의해서, 좀 나아지시면 여행이라도 다녀와야겠 어. 아들 키워봐야 다 필요없다더니 딱 내 꼬라지네.

은빈 당신 하고 싶은 대로 해.

선동父 선동아.

선동 (본다)

선동父 니 엄만?

선동 먼저 올라가신다고, 식사 천천히 하시고 오시래요.

선동父 그래. (은빈 보고) 누구? 아, 지난번에 너랑 결혼하겠다고 온 아가씨로구만. 어서 와요.

선동 (차마 울지 못해) 예, 아버지. 아버지 본다고 왔어요. 인사해.

은빈 … 안녕하세요?

선동 아버지, 저 이 여자랑 결혼하려구요. 어때요? 맘에 드세요?

선동父 (고개만 끄덕)

선동 엄마 기다려요.

선동父 응, 그래. 가자.

선동父, 앞장서면 선동과 은빈 뒤를 따라 사라진다.

8.

아파트 미니어처에 불이 켜진다.

와인을 들고 오는 한수, 촛불을 켜고 분위기를 잡는 정선.

한수 한 잔 할 거야?

정선 화이트 맞지?

한수 와인 냉장고에 가득 가득 채워뒀다. 무슨 여자가 와인을
그리 좋아해.

정선 피부 미용에 딱이래잖아.

한수 (방백) 박 간호사도 화이트 와인 참 좋아했는데, 아흐… 허
리는 박간 따라올 여자 없었지. 고은빈이는 내숭이었지만
의외로 적극적인 거 좋아했고… 약 먹고 응급실에 실려온
탤런트 최보라 눈빛이 예사롭지 않단 말이야. 나한테 대
하는 태도도 그렇고…. (입맛을 다시는)

정선 무슨 생각을 그렇게 해.

한수 맛있겠다.

정선 그치 빛깔 좋지. 먹음직스럽고.

한수 정말 먹음직스럽지?

정선 참, 옆집여자 말야.

한수 옆집여자?

정선 응, 자기 옛 사랑.

한수	또.
정선	우리 어린이집이랑 옆집여자네 백화점 문화센터랑 공동으로 프로그램 개발했잖아. 완전 대박났어.
한수	지난 번, 율동 만든 거.
정선	응, 그걸 보더니 영어 뮤지컬 프로그램 딱 돌리는 거 있지. 난, 그 생각을 왜 못 했을까?
한수	은빈 씨가 머리가 아주 비상한 여자야. 똑똑하지. 학점도 4년 내내 만점이었어. 수재였다니까.
정선	오, 그래서 반했었구나. 그럼? 난.
한수	넌, 나의 비아그라야.
정선	아이, 정말. 머릿속에 뭐가 들었어.

오붓하게 잔을 비우는 정선과 한수.
반대쪽에서 선동과 은빈 등장한다.
한 무대에 두 부부의 동시진행이 이어진다.

은빈	아버님은 어떠시대?
선동	응, 요양원에 전화했더니 방금 주무셨대. 한 시름 놨다.
은빈	더 좋아지실 거야.
선동	… 닥터 강 말야.
은빈	강, 한수 씨?
선동	사람 좋더라. 한수 배웠다. 그래서 이름이 한순가.
은빈	뭐? 하여간.

선동	지인을 통해 알아봤더니 닥터 강, 완전 실력파더구만. 아버지 일도 그래, 모든 것을 차분하게 정리해 주는데, 정말 고맙더라.
은빈	천성인가 봐. 남들 잘 챙기고, 배려할 줄 알고, 그게 그 사람 매력이야.
선동	뭐? 그래서? 그래서 어떻게 또 해보게?
은빈	아니, 그렇다는 거지.
한수	은빈 씨 남편 말이야.
정선	김선동 교수?
한수	최 과장이 그러는데, 대한민국에서 노벨 과학상이 나오면 김선동 교수가 딸 거라던데, 실력이 대단한가봐.
정선	강의는 얼마나 잘 했었다고, 짱이었지. 그 눈빛, 편안함, 학생들을 사로잡는 음성.
한수	야.
정선	피시. 자기도 방금 옛 애인 자랑 실컷 해놓곤.
한수	그래도, 그건.
정선	옆집여자 대단하더라, 이젠 편안한 언니 같애.
선동	당신은?
은빈	뭐가?
선동	갑자기 어떻게 옆집여자 정선이랑 그렇게 친해져, 마치 언니처럼.
은빈	그날, 아버님 병원에 간 날. 접촉사고 났잖아. 내차 들이박은 대머리 아저씨가 다짜고짜 소리를 지르는 거야. 난, 어

떻게 할지 모르고 당황하는데, 뒤따르던 옆집여자가 딱 내리더니, 다 해결해 버렸어.

한수 어떻게?

정선 내 차에 블랙박스 카메라 있어요 대머리 아저씨. 아저씨가 차선 넘어서 박았잖아. 일단 경찰 부르고, 보험회사 전화해요.

선동 그랬더니.

은빈 대머리 아저씨가 꼬리를 확 내리던데.

선동 야물지. 당차고.

은빈 그러게, 옆집여자 그렇게 안 봤는데, 그냥 나 동생 할까?

한수 세상에 뭐 이런 인연이 다 있냐?

선동 그러게, 이런 인연을 뭐라고 해야 하나.

은빈 악연?

정선 아니면 필연.

선동·한수 (동시에) 우리 스와핑 할까?

정선 (동시에) 뭐? 자기 변태지?

은빈 (동시에) 뭐? 당신 변태지?

은빈은 선동을 쫓는다. 선동 도망친다. 그러다 넘어진다.

정선은 한수를 쫓는다. 한수 도망친다. 그러다 넘어진다.

정선 (갑자기 헛구역질을 하는)

한수 왜 그래?

은빈	우리, 미라가 말이야.
선동	응.
은빈	동생 언제 낳냐고 자꾸 물어보더라. 나, 오늘 딱인데.
한수	너? 설마.
정선	(입을 가린다)
한수	맞지?
정선	(고개를 끄덕) 나 이번 달에, 생리 안 했어.
한수	(환호) 와, 그럼? 우리? 아니, 나 아빠가 되는 거야.
선동	(환호) 그럼, 해. 하자. 해. (갑자기 팔굽혀 펴기를 한다)
정선	아냐, 아직.
한수	직감이 있는데, 나 의사야. 꿈은, 뭐 꿈 같은 거 꾼 거 없고?
정선	없어.
선동	백만 스물 하나.
은빈	그럼 준비 할까?
선동	당근이지.
한수	기념이다. 오늘 우리 하자.
정선	미쳤어? 안 돼. 오늘은.
한수	의학적으로 애 낳기 3일 전까지도 섹스는 가능해.
정선	몰라. 부끄러워.

한수, 정선을 안고 뒹군다.

선동, 은빈을 안고 뒹군다.

초인종 소리.

한수 (동시에, 짜증) 누구야, 이 시간에?

선동 (동시에, 짜증) 이, 시간에 누구야?

아파트 미니어처에 불이 꺼진다.

음악이 흐른다.

막.

한국 희곡 명작선 98

옆집여자

초판 1쇄 인쇄일   2021년 11월 25일
초판 1쇄 발행일   2021년 11월 30일

지 은 이   양수근
만 든 이   이정옥
만 든 곳   평민사
            서울시 은평구 수색로 340 〈202호〉
            전화 : 02) 375-8571 / 팩스 : 02) 375-8573
            http://blog.naver.com/pyung1976
            이메일   pyung1976@naver.com
등록번호   25100-2015-000102호
ISBN   978-89-7115-812-8   04800
            978-89-7115-663-6   (set)
정   가   8,000원

이 책은 사단법인 한국극작가협회가 한국문화예술위원회의 2021년 제4회 극작엑스포
지원금을 받아 출간하였습니다.